AF384812

Jérôme dans la rue à la Grenouilliere.

LE NOUVEL ESPION

DES

BOULEVARDS.

DE L'IMPRIMERIE D'ÉGRON.

A PARIS.

Chez les Marchands de Nouveautés.

AN VIII.

AVANT-PROPOS.

Un mot, mon cher Libraire ?
— Je suis tout oreilles. — Vous
voulez donc absolument que
je fasse encore une fois le métier d'Espion ? — Et pourquoi
pas ? — Mais savez - vous que
c'est un vilain emploi. — Allons,
allons, je vois que vous jouez
sur le mot. Votre espionnage....
— Vous a rapporté quelque
chose. — Ce n'est pas cela que
je voulais dire. — Oh ! je le
sais, messieurs les Libraires
ne disent jamais ces choses-là.
— Eh bien ! puisqu'il ne faut

rien vous cacher, monsieur l'Espion des Coulisses , vous êtes à la seconde Édition. — Ah ! ma foi, mon cher Libraire, c'est le cas de dire, *habemus confitentem reum.* Ces paroles sont tirées de...... l'Avocat Patelin , la plus ancienne de nos Comédies , et qui n'est pas la plus mauvaise. — A quoi bon ces détails ? — Eh ! mais, écoutez donc, on est bien aise de montrer un peu d'érudition sur le Théâtre, cela fait que la critique que l'on se permet sur messieurs les Comédiens , a plus de poids et de consistance. — Vous pouvez avoir raison , monsieur l'Espion ; mais revenons au fait. — Il falloit dire à *nos moutons*, mon cher libraire , puisque j'avois eu l'art de mettre en jeu l'Avocat Patelin. — Oh ! monsieur l'Espion , si vous m'interrompez toujours , nous n'en finirons pas , et le temps est précieux. — Je sais cela comme vous. Néanmoins ,

» Un savant philosophe a dit élégamment :
» Dans tout ce que tu fais hâte - toi
  » lentement ».

iv

— A merveille ! Mais quand il s'agit de faire paroître une critique, l'on doit mettre la plus grande diligence. — Je vous entends , vous craignez qu'un confrère plus leste que vous... — C'est cela. — Eh ! mais, croyez-vous que mon ouvrage ne supporteroit pas la concurrence ? — Bon ! voilà de l'amour-propre, à présent. — Tout comme un autre. Non , c'est que voyez-vous, je me rappelle maintenant que vous n'avez pas craint de l'offenser en me rapportant que plusieurs personnes vous ont dit que l'Espion des Coulisses n'avoit pas le sens commun ; bref, que son ouvrage étoit mauvais.... — Eh ! que vous importent des réflexions saugrenues ? Moi, je le trouve bon , puisque je l'ai bien vendu , et c'est pour cela que je vous prie de vous transformer encore une fois en Espion, pour me donner la critique des Théâtres subalternes. — Mon cher Libraire, je n'ai rien à vous refuser : la justice que vous me rendez... — Oh ! je saurai reconnoître aussi....

vj

— C'est entendu , vous payerez
bien. Allons, je vais me mettre
à la besogne. — Ah ! je vous
en prie , le plutôt sera le
mieux. — Soyez tranquille ,
vous serez content.

LE NOUVEL ESPION

DES BOULEVARDS.

PREMIERE LETTRE.

Mon cher Bellerose,

Je suis de retour de la campagne.
Après avoir admiré avec mlle. de
l'Étoile les beautés de la nature, je
reviens à Paris donner quelques
instans aux beaux-arts. Après avoir
joui du spectacle miraculeux de la

I

campagne, dont le printemps a fait les frais, je reviens visiter ceux de Paris, où malheureusement la nature est souvent oubliée, grâce aux Administrateurs, aux Auteurs et aux Acteurs. Je t'ai mis à même, par mes cinq premières Lettres, de connaître les cinq premiers Théâtres de Paris. Il est juste de te donner aussi quelques détails sur les Théâtres subalternes. Ah! mon ami, tu me devras des remercîmens d'avoir eu le courage d'entreprendre une pareille tâche. On se résigne difficilement à s'approcher des égoûts. Cependant il est bon de tout voir, dit-on. Sans doute, autrefois, celui qui, d'un œil étonné, contemplait les belles

(3)

statues des Tuileries , ne man-
quait pas non plus de visiter le
Saint-Cristophe de Notre-Dame,
qui eût bien mieux figuré à l'Opéra,
puisque, selon le citoyen Devisme,
tout doit y être colossal. Mais à quoi
bon parler de l'Opéra , lorsqu'il
s'agit des Spectacles subalternes ?
C'est un outrage , et j'en demande
pardon à son habile Directeur,
qui n'entend pas raillerie , même
lorsque l'on se borne à parodier
les mauvais Ouvrages que l'on joue
sur le premier Théâtre *du monde
policé* Laissons donc l'Opéra fleurir
en paix sous la direction du citoyen
Devisme. Qu'il me permette cependant de t'apprendre que tout
près du Théâtre des Arts il existe

un Spectacle sous le titre des *Troubadours*. D'abord on pourrait lui chercher chicane sur un pareil titre : car , autant que je m'en rappelle , les Troubadours ne soupiraient que la romance , qui , tour à tour, peignait leurs amours, leurs plaisirs et leurs chagrins. Ils ne connaissaient nullement les pointes du génovéfin L.... et les calembourgs des onze Auteurs de M. de Bievre remis à neuf. La simplicité , la naïveté , tel était le caractère de leurs aimables chansons, qui valaient bien les couplets terminés en pointe et en calembourg , dont les Troubadours de la fin du dix-huitième siècle assaisonnent leurs scènes décou-

(5)

sues, que leur pauvre génie en-
fante dans les vingt-quatre heures.
On peut bien leur dire qu'ils sont
une douzaine qui ont de l'esprit
comme quatre. Ce qu'il y a de
plaisant, c'est que chacun de ces
petits Troubadours se croit des
droits à l'immortalité, s'il a réussi
à tourner un couplet de manière
à pouvoir faire crier *Bis !* Les amis
qui, le sachant par cœur, ne
manquent pas de le donner aux
Journalistes complaisans, pour le
citer dans leurs Feuilles, qui de-
viennent ainsi les cent bouches de
la Renommée pour les citoyens
Armand, G...., Georges D....,
Ch...., Vieil...., Vil...., etc.,
etc., etc.; enfin, mon cher Belle-

I.

rose, ils sont une compagnie. Malheureusement tout finit par des chansons ... l'argent n'arrive point au bureau ... les frais sont considérables : Acteurs, Auteurs, Fournisseurs, Garçons de Théâtre, etc., tout cela veut de l'argent. Le pauvre Directeur, qui croyait avoir fait une très-belle spéculation sur les Troubadours, se retire sans faire de bruit, et se dit à lui - même : « Tout finit par des chansons.» ... c'est ce qui est arrivé à celui qui a bien voulu épouser la querelle du cit. L ... contre le Vaudeville et placer des fonds sur les couplets des Troubadours de la fin du dix-huitième siècle. Mais, me diras-tu, les Acteurs n'ont-ils pas leur part au peu de succès qu'a obtenu cette entreprise ? On ne peut pas leur reprocher d'avoir manqué de zèle. Voyons maintenant s'ils ont autant de talent que de bonne volonté.

ACTEURS.

Le cit. FRÉDÉRIC. Cet Acteur joue les Amoureux ; mais il n'en a que le physique : une mauvaise tenue, des gestes sans grâces, une diction fausse, des organes peu faits pour exprimer l'amour. Nous pensons qu'il aurait plus de succès dans l'emploi des

Comiques : on ne peut lui refuser du goût et de la facilité dans son chant; il a peu de voix, mais on l'entend avec plaisir.

SAINT-LÉGER. Basse-taille : il joue les Paysans et les Pères ; voix désagréable, il aboie plus qu'il ne chante. Cet Acteur n'est passable que sous l'habit de Paysan : il a une physionomie très-commune, et qui ne sied pas du tout aux rôles un peu distingués. Il se croit, dit-on, beaucoup de talent, mais il est dans l'erreur; car, tout bien examiné, il est aussi mauvais comédien que mauvais chanteur.

BELLEMENT. Cet Acteur-Auteur qui, jadis, fit les délices du Théâtre des Associés, conserve encore dans son jeu, assez froid, quelque teinte du Boulevard; c'est lui qui, soit-disant, remplace Tiercelin : pour moi, je crois qu'il n'a fait que prendre sa place. Mais ne nous plaignons pas trop du cit. Bellement, il a eu la générosité jusqu'à ce jour, de laisser dormir sa Muse, qui est pour le moins aussi monotone que lui. Jugez quel malheur pour le Public, s'il allait les rencontrer tous les deux à la fois sur le Théâtre des Troubadours.

BOSQUIER-GAVAUDAN.

Ce jeune Acteur, que l'on a vu au Théâtre de Molière, et puis au Théâtre Feydeau, promet beaucoup; il possède ce qu'on appelle le *vis comica* : s'il veut travailler, il pourra se faire une réputation dans l'emploi des Comiques Il a de la chaleur, beaucoup d'intention, et de la physionomie; il chante fort bien le couplet. On ne peut lui reprocher peut-être que trop de confiance et d'amour-propre : qu'il sache que ce défaut nuit souvent au développement des talens.

***

HUET. C'est un amoureux des

Jeunes Artistes : il n'est pas sans prétention, quoiqu'il ne vaille rien.

———

LÉGER. Le pauvre diable, en se défroquant, a rêvé qu'il devait jouer la Comédie. Il a joué les Gilles au Vaudeville ; mais Carpentier lui a donné un pied de nez, et il en avait déjà passablement. Ce misérable cabotin faisait l'important, lorsqu'il était Directeur avec le cit. Mark. C'était lui qui jugeait les Acteurs et les Auteurs qui se présentaient aux Troubadours, lors de l'origine de ce malheureux Théâtre : aujourd'hui il est, dit-on, de meilleure composition ; et il se trouve trop heureux lorsque pour l'esprit on veut bien le mettre d'un sixième dans une parodie.

———

DELPECH. Sa petite stature est fort comique : aussi, dès qu'on le voit paraître, on ne peut s'empêcher de rire. Sa voix est d'une assez bonne qualité. Il n'est pas sans mérite, il n'a contre lui que son physique.

———

ACTRICES.

Madame LAPORTE. Beaucoup de prétentions et point de talens : il y a tout lieu de croire qu'elle ne s'occupe guère de son art ; car lors même qu'elle est sur le Théâtre, ses yeux se fixent sans cesse sur les loges, où elle a sans doute de grandes affaires à traiter. C'est à mon gré une bien médiocre Actrice , quoiqu'elle ait eu des amis complaisans qui l'ont prônée dans les Journaux ; elle fera fort bien de rester aux Troubadours.

Mlle. D E L I L L E. Excellente dans les commères , parce qu'elle a des organes délicieux pour ces rôles ; sa voix tient de ses organes, elle est détestable, il arrive souvent qu'on ne l'entend pas lorsqu'elle chante. Elle a eu aussi ses prôneurs :

à les en croire, rien n'était comparable à mlle. Delille, et rien, pourtant, n'est plus ordinaire que le talent de mlle. Delille; enfin, c'est la reine des Troubadours. Mais ne peut-on pas dire : Dans le royaume des aveugles les borgnes sont des rois.

———

Mlle. REMY. Joli talent de société. Elle joue les Duegnes avec quelques succès ; mais elle est loin d'avoir ce qu'il faut pour tenir cet emploi : cependant elle mérite d'être distinguée aux Troubadours.

———

Mlle. AUGER. On n'en peut

rien dire, il faut attendre encore quelques années pour se décider à porter un jugement sur son compte: en travaillant, il est possible qu'elle nous montre un jour ce que nous ne voyons point encore en elle.

———

Mlle. CAMILLE. Pauvres moyens, pauvre physique : cependant on peut la voir aux Troubadours, puisqu'on l'a bien vue au Théâtre Feydeau.

Voilà, à peu de chose près, les Acteurs et les Actrices dont les noms tiennent le premier rang sur l'Affiche du Théâtre des Troubadours. Leur médiocrité est assez

en harmonie avec celle des pièces
dont nos modernes Troubadours
accouchent tous les vingt-quatre
heures. C'est une seconde édition
du Vaudeville ; mais celui-ci, comme
le plus ancien, a une certaine pré-
pondérance , quoiqu'il ne la mérite guere : peut-être aussi son Répertoire est-il composé de pièces
qui comportent un peu plus d'intérêt que celles des Troubadours.
Tu ne seras pas étonné, mon cher
Bellerose, après ces détails, si la
salle est presque toujours vide,
et si ; très - souvent , il n'y a pas
au bureau de quoi payer l'huile.
Il est encore une autre réflexion,
c'est que le Théâtre de Louvois
est trop vaste pour le Vaudeville,

qui demande presque à être joué
dans un sallon. Je conclus donc
par dire que cette entreprise est
une fausse spéculation, et que les
Entrepreneurs, les Auteurs et les
Acteurs finiront par être obligés
de plier bagage, pour aller chercher ailleurs qu'à Paris une fortune
qu'on ne fait guere avec des chansons dans le siecle oú nous sommes.
Les belles dames de Paris préfèrent
aux gentils Troubadours la pois-
sarde *Madame Angot* ; témoin le
succès de Madame Angot au
Sérail de Constantinople, dont on
raffole aujourd'hui : ah! mais, c'est
qu'aussi ce nouveau chef-d'œuvre
de l'immortel Aude produit un
enthousiasme !.... une ivresse......

enfin l'ivresse du Peuple : **et c'est la bonne**, à ce que dit Figaro, et M. Aude aussi, qui répète **sans** cesse aux envieux de sa gloire : *Tous les genres sont bons, hors le genre ennuyeux.* Dans tout ceci il n'y a que demi-mal, puisqu'au fait *Madame Angot* est redevenue le patrimoine des tréteaux , et qu'on ne la verra plus figurer non loin de la Scène française, comme on la voyait il y a six mois.

Je termine, mon cher Bellerose, une lettre qui t'ennuiera peut-être; mais si tu viens bientôt à Paris, je te conduirai au Théâtre des Troubadours , et tu verras s'ils sont plus amusans que mon Épître.

Mlle. de l'Étoile ne serait pas fâchée de t'y voir : elle a peut-être ses raisons : quand ce ne serait que l'espoir d'exercer un reste de coquetterie. Elle n'a point oublié qu'elle jouait les Amoureuses, et que ses appas étaient souvent courtisés par plus d'un adorateur. Mlle. de l'Étoile, en nous voyant tous les deux à ses côtés, s'imaginerait encore jouer la Comédie. Cette illusion serait bien excusable, pourvu toutefois qu'elle ne me fît pas jouer à mon tour le rôle d'Amphytrion ; mais c'est assez déraisonner. Tout à toi, mon cher Bellerose, ton ami,

LA RANCUNE.

DEUXIÈME LETTRE.

MON CHER BELLEROSE,

Je te conseille de brûler cette Lettre aussitôt que tu l'auras parcourue. Elle est capable d'empestiférer les lieux les plus salubres, puisque j'y parle du Théâtre Montansier. Oh ! mon ami , quel égoût ! Ils semblent que les Administrateurs prennent à tâche d'aller chercher leurs dégoutantes pièces dans les paniers aux ordures , et que les chiffonniers sont les seuls

Auteurs admis parmi eux. Si tu voyais le Répertoire de ce Spectacle, tu serais étonné de son existence, et surtout au centre d'une Ville qui se fait gloire d'être celui du bon goût. Imagine - toi que c'est tout près du temple où l'on voit le *Misantrope*, le *Tartuffe*, le *Philinte de Molière*, *Iphigénie en Aulide* et *Mahomet*, que se trouve le réceptacle des *Jocrisse*, des *Cadet Roussel*, des *Jeannot*, etc., etc., etc., etc. Que doivent dire les étrangers d'un pareil voisinage? Ils nous accusent sans doute de vénérer bien peu le génie des grands hommes qui ont illustré la Scène française, pour souffrir à côté de leurs chefs - d'œuvres l'égoût du Théâtre Montansier. N'est-il pas affligeant de penser que sa fétide exhalaison peut-se mêler à l'encens que l'on brûle dans le temple de Melpomène et de Thalie. Oh! vous, qui voulez respirer un air pur, voir des tableaux agréables, trouver la morale en action, gardez-vous bien de tourner vos pas vers l'asile du *Bambin - Brunet.*

Mais, mon ami, me diras-tu, comme tu te déchaînes contre le Théâtre Montansier ? S'il était au Boulevard, tu ne m'entendrais point déclamer ainsi contre lui ; et d'ailleurs qu'importent mes déclamations ? cela n'empêche pas les Entrepreneurs de faire de gros bénéfices. Il est bon de te faire connaître ces importans personnages, ils sont cinq. Voici leurs noms : MM. Amiel , César , Cretu , Foignet et Simon : le premier est un vieux cabotin qui n'a que la routine du Théâtre et pas la moindre capacité : le second a joué les Amoureux jadis, et il les joue encore ; mais il est absolument nul : le troisième a tenu soi-disant les premiers rôles ; mais il joue maintenant les Caricatures, dans lesquelles il a quelque mérite : les deux derniers sont compositeurs ; c'est - à - dire , qu'ils savent arranger en partitions quelques agréables réminiscences, qu'ils font passer pour leur musique. Ils ont l'avantage de connaître la valeur de l'argent aussi bien et peut-être mieux que la table d'accords. Le cit. Foignet sait mieux tirer parti de son argent que des sept notes qui composent l'alphabet de la langue musicale ; et le son des écus flatte plus ses oreilles que ceux d'un passage enharmonique ; c'est pour cela sans doute qu'il tient une maison de prêt sur nantissement. Chacun de ces cinq Administrateurs a la prétention de juger les Ouvrages qu'on leur présente. Bon dieu ! quels juges ! ils s'assemblent, dit-on, trois fois par décade, pour écouter la lecture des Pièces, qui doivent être auparavant examinées par l'un des cinq, qui juge si l'on est digne de lire devant l'aréopage suprême. Mais vous êtes certain de cet honneur si vous avez travaillé pour *Brunet* et *Caroline* ; cette dernière partage la couche de l'Administrateur César : aussi fait-elle la pluie et le beau temps. Elle n'a pour elle qu'une petite voix assez agréable dans les rondeaux : comme Comédienne, elle est détestable ; mais pour qu'on la trouve passable on a grand soin de l'environner par des Actrices, dont le talent est de toute nullité. S'il s'en présentait une que l'on pût soupçonner d'être dans le cas de plaire au Public, on s'empresserait bien vîte de l'éconduire. Celle qui joue le joli rôle de l'Espiègle n'a sans doute été engagée que parce qu'on savait qu'elle était mauvaise. Il faut des ombres à Mlle. Caroline. *Brunet* et *Caroline*, voilà les colonnes de l'entreprise Je ne sais pas comment il ne s'est point encore trouvé un Auteur qui ait fait une Pièce pour ces deux coriphées seulement. L'idée serait excellente et plairait, je suis sûr, aux Administrateurs, qui finiraient peut-être par ne plus recevoir que les Pièces qui pourraient se jouer par *Brunet* et *Caroline*.

Voilà, mon cher, l'esquisse du tableau de l'intérieur du Théâtre

Montansier. Les Administrateurs n'ont d'autre mérite que d'être exacts à payer les Acteurs, dont les appointemens sont très-modiques : beau mérite, lorsque les recettes sont plus que suffisantes pour acquitter les engagemens ; cependant ils ont grand soin de se targuer de cette exactitude. Mais ne pourrait-on pas leur répondre : Parbleu, ce serait bien le diable si l'on ne payait pas ceux qui veulent bien descendre dans les égoûts et les latrines.

Il faut maintenant te donner une idée du talent des Acteurs du Théâtre Montansier, si toutefois ils en ont ; ils sont en grand nombre. L'administration a sans doute pensé qu'elle se sauverait sur la quantité : d'ailleurs , ils ne sont pas très-chers. Commençons la litanie.

—————

A M I E L. (Je te renvoie pour celui-là à la notice des Administrateurs qui se trouve au commencement de ma lettre.)

—————

C R E T U. (*Idem.*)

—————

C É S A R. (*Idem.*)

—————

B R U N E T. Excellent . . . . .

pour la parade. C'est l'idole des habitués du Foyer-Montansier, c'est la coqueluche des filles du Palais-Royal. Imagine un petit polisson qui porte de chez le traiteur en ville. A la ville et au Théâtre, c'est absolument le même homme. Il est d'un bon naturel de bête. Son talent ne lui coûte pas beaucoup de travail, et en conscience on ne peut guère lui donner le nom d'Artiste : il est, dit-on, le plus grassement payé ; et on lui fait encore de temps en temps des petits cadeaux : aussi il est infatigable, toujours le bât sur le dos. Tu rirais trop de voir l'importance que se donne quelquefois ce bambin. N'avait-on pas fabriqué une

mauvaise Pièce intitulée *la Comédie de campagne*, où on lui cassait
le nez avec l'encensoir. Le pauvre
diable donnait bonnement dans
tous les sots complimens qu'on lui
débitait à chaque instant et à propos
de botte. Ce n'est pas tout, mon
cher , on l'a fait figurer au Mu-
séum , dans un mauvais tableau,
où on le représentait dans le Désespoir de Jocrisse , qui, à la vérité,
est son triomphe. Des calembou-
ristes , pour débiter leurs mauvais
calembours , se sont empressés
de les dédier à Brunet, qu'ils ont
mis en tête de leur Recueil, toujours représenté dans le Désespoir
de Jocrisse. Son ingrate figure a
fait la fortune de cette rapsodie :

c'est un vol que les Auteurs ont fait aux Administrateurs du Théâtre Montansier ; mais pour les dédommager on leur a donné une Pièce tout en calembourgs, où l'immortel Brunet joue un rôle aussi insignifiant que la Pièce.

————

TIERCELIN. Il n'est vraiment bon que dans le Chaudronnier de Saint-Flour : il a pourtant une certaine réputation ; c'est sans doute parce qu'il dessine ses sourcils au milieu du front et qu'il se disloque tous les membres. Pour moi je trouve que dans la plupart de ses caricatures il n'a point assez de vérité, et que l'on ne voit guère chez lui que la charge : cependant il se croit beaucoup de talent ; mais le pinceau qui lui barbouille la figure en a peut être plus que lui. N'importe, il est en vogue, cela suffit.

———

VOLANGE. Cet Acteur, dit - on, a été distingué de l'immortel Préville ; je le crois sans peine : quoiqu'il soit usé, il est encore des rôles où il montre beaucoup de talent ; tel que celui de Bécare dans le Sculpteur. Voilà ce qu'on appelle de la vérité, du *vis comica*. La charge n'est pour rien dans son jeu. C'est vraiment Bécare que l'on voit. L'on oublie

Volange. Il est réduit à jouer trois ou quatre Pièces par lesquelles on commence toujours le spectacle. Son sort, dit - on, n'est pas très-heureux; mais n'y a-t-il pas de sa faute ?

———

DUVAL. Il est tout ce qu'il faut être pour les rôles qu'on lui distribue : c'est un vieux routinier qui connaît ses planches ; cet Acteur est un excellent compère.

———

GUIBERT. Nul ; mais il est excellent pour l'emploi qu'il tient.

———

DUBOIS. Le pauvre diable

ne saura jamais ce que c'est que de jouer la Comédie; il y a pourtant déjà long-temps qu'il est au Théâtre. Cet Acteur n'a pour lui qu'une assez belle voix, et dont il ne sait pas encore tirer parti; mais il n'y a rien à lui dire, il est désormais tout ce qu'il sera.

BONIOLI. Si son talent répondait à sa taille, ce serait bien heureux; mais je n'ai rien vu de plus détestable. Il est bien digne du cadre où il se trouve : puissent les Administrateurs du Théâtre Montansier le garder très-long-temps!

(35)

X A V I E R. Il joue soi-disant les Amoureux. Quel Amoureux ! Il a de la voix ; mais cette voix n'est point agréable , quoiqu'il s'avise par fois de martyriser son chant. Nous ne le croyons pas né pour le Théâtre. Il a, dit - on, été abbé : en effet, il a bien la tournure d'un tonsuré ; malheureusement le métier ne vaut rien , il a bien fallu en prendre un autre ; mais il a mal choisi.

F O I G N E T fils. C'est encore un Amoureux de pacotille. Il vient de passer une année aux Jeunes Artistes , pour se former sans doute ; mais il a encore furieusement à travailler. C'est lui, qui, dit-on, est l'Auteur de la musique du Gondolier. Si cela est ainsi, je lui conseille de se livrer tout entier à la composition ; car, au Théâtre, je crois qu'il perdra son temps. Point de voix et point de physique : ainsi comment peut-il espérer de réussir dans l'emploi qu'il s'est choisi ?

––––––

Mlle. C A R O L I N E. Très-joli gosier, dont la facilité fait le plus grand mérite. Elle chante avec beaucoup de légèreté tous ces petits rondeaux du jour, qui font la fortune des mille et un compositeurs qui se mêlent d'écrire de la musique, sans savoir souvent chiffrer une basse. Mlle. Caroline n'a pas les organes aussi agréables que son gosier ; on pourrait leur reprocher d'appartenir à celles qui manient l'aiguille. Sa tournure ressemble un peu à ses organes. Comme Actrice, il serait difficile d'en faire l'éloge : et nous ne croyons pas qu'elle acquierre jamais un grand talent ; mais on peut bien s'en passer, lorsqu'on partage l'honorable couche d'un Administrateur.

Mme. BARROYER. Il est malheureux qu'elle soit restée à ce Théâtre. Elle est Comédienne. Depuis long-temps sa réputation

4

est établie dans l'emploi des Soubrettes : ses organes lui sont un
peu défavorables. Mme. Barroyer
était faite pour jouer avec le plus
grand succès l'emploi des Servantes
de Molière.

————————

Mlle DANCOURT. Talent
un peu usé. Elle a l'intelligence
de la scène ; mais cela n'est pas
étonnant. Depuis les *Amans Pro-
thées*, on ne lui en a pas distribué
un seul qui pût lui faire honneur :
peut-être a-t-on eu ses raisons
pour cela.

————————

Mlle. DUMAS. Nous la

croyons plus occupée de sa personne que de l'art qu'elle professe :
cependant, si elle eut voulu travailler , elle avait de quoi faire.
On lui donne des rôles de Soubrette ; mais elle n'est pas bien
placée dans cet emploi.

Mme. MENGOZZY. Nous
ne savons pas trop ce qu'elle joue :
tantôt on la voit dans les Amoureuses, tantôt dans les Soubrettes;
et son talent, malheureusement,
ne la met point à même de saisir
avec perfection deux caractères si
opposés. Nous la croyons donc
placée dans le cercle de la mé-

diocrité, et nous doutons qu'elle en sorte jamais.

* * *

Mme. C A U M O N T. Qui le croirait, cette Actrice, plus connue sous le nom de Thomassin, joue encore les Amoureuses; c'est ce qui s'appelle y être bien obstinée. Elle est bien placée dans les rôles poissards, elle a de la vérité.

* * *

Mlle. F E R T O N. Elle n'est encore connue à ce Théâtre que par le rôle de l'Espiègle. Hélas! ce n'est point un espiègle pour le talent. Il est impossible d'être plus médiocre, pour ne pas dire plus mauvaise que mlle. Ferton ; et malheureusement elle ne console point le Public de sa médiocrité par le chapitre des espérances : car il y a long-temps qu'on la voit au Théâtre, telle qu'elle est aujour‑d'hui. Excellente acquisition, qui fait beaucoup d'honneur au juge‑ment de MM. les Administrateurs du Théâtre Montansier !

———

Mme. BONJOLI. Nous ne pouvons guère en parler que comme utilité : elle vaut bien, je crois, l'argent qu'on lui donne.

———

Il est bien encore quelques in-
firmes, dont il est inutile de t'entretenir, mon cher Bellerose; j'aurois
même désiré garder le silence sur
tous les Acteurs et Administrateurs d'un Théâtre, dont on ne
peut parler qu'avec répugnance.
Mais il faut te faire connaître tout :
tu dois me savoir gré du courage
dont je me suis armé pour te
donner .les détails que contient
cette Lettre. Tu me répondras,
sans doute, que le Public en a
bien plus que moi, puisque je te
marque que les recettes sont plus
que suffisantes pour acquitter ses
dépenses. Cela est vrai, mon cher
Bellerose; mais quel Public, grand
dieu! il est en harmonie avec les

rapsodies qu'on lui fait avaler. Ce sont les agioteurs, les libertins, les filoux, les jeunes-gens du mauvais ton, les chevaliers d'industrie, les filles publiques, qui font la recette de ce Théâtre : enfin, imagine-toi que l'on craint d'y conduire une femme honnête, les tableaux que l'on voit sur la scène et dans la salle ne sont point faits pour les yeux de l'innocence et de la pudeur. Le mot d'*Égoût*, dont je me suis servi, n'est point outré : et si le hasard voulait que tu communiquasses ma Lettre à quelqu'un, qui eût été à même de fréquenter le Théâtre Montansier, il pourra te garantir la véracité de mes détails.

Mais parlons un peu d'autre chose. Je ne dois pas te laisser ignorer que la taille de Mlle. de l'Étoile commence à s'arrondir, et qu'elle me donnera bientôt les honneurs de la paternité. Si tu viens à Paris dans neuf mois, tu seras le parrain. Moi, j'accoucherai peut-être en même temps de quelques volumes, que je te dédierai. En attendant, donne-moi de tes nouvelles, et crois-moi toujours ton sincère ami,

LA RANCUNE.

TROISIÈME LETTRE.

Mon cher Bellerose,

Je vais maintenant t'entretenir du Théâtre de la Cité. Après avoir été long-temps la proie des Directeurs frippons, il est à présent celle des Directeurs charlatans, ce qui se ressemble beaucoup : cependant le cit. Camaille met en avant à chaque minute sa probité et sa réputation d'honnête homme; c'est ce que la suite nous prouvera.

Imagine toi, mon cher, que le Théâtre de la Cité-Variétés n'a de comique que ses Affiches, toujours rédigées en style oriental. Le cit. Camaille connaît bien les Parisiens pour se permettre de pareilles.... *bamboches*. C'est pourtant un Auteur qui ne rougit pas de se métamorphoser ainsi en mauvais charlatan, et qui ne craint pas d'avilir la scène par l'emploi de moyens qui sont même inconnus de ceux qui font la parade. Mais aussi qu'a-t-il fait pour mériter le titre d'homme-de-lettres ? le *Moine*, la *Fausse-Mère*, les *Chinois*, et autres rapsodies de la même force. Charlatan dans ses productions, qui ont l'air d'appartenir

à quelque échappé des Petites-
Maisons , il n'est point étonnant
qu'il le soit dans son Administration. Tu rirais trop en lisant
les Prospectus dont il tapissait les
murs de Paris avant l'ouverture
de son misérable spectacle : c'étaient
des mots *grecs* , *égyptiens* , *chinois* ,
que le pauvre diable ne comprenait
peut-être pas lui-même. Je ne sais
pas par exemple si ce n'est point
chercher à tromper le Public , afin
d'avoir son argent ? dans l'affirma-
tive , les Acteurs doivent se défier
d'un pareil Directeur : car celui qui
ne craint pas d'abuser le Public, ne
se fera pas un scrupule de tromper
quelques individus ; mais , comme

je l'ai déjà dit , c'est ce que la suite nous prouvera.

Le cit. Camaille , dans ses pompeuses Affiches , d'un mètre de longueur , annonçait au Public , d'une manière à-peu-près inintelligible , que c'était un *gymnase* qu'il allait ouvrir ; et que dans ce *gymnase* on verrait des Athlètes *lutter de paroles , de musique et de danse* , ce sont ses expressions littérales. Je te ferai grâce de toutes les autres sottises qu'il semblait avoir pris à tâche de rassembler pour remplir son misérable Prospectus. N'importe , on a voulu voir ces fameux Athlètes *lutter de paroles , de gestes , de musique et de danse.* Je vais te les faire connaître.

* * *

ATHLÈTES.

Le cit. CAMAILLE - SAINT - AUBIN. Il est très-fort, dit-on, pour les coups de poing ; mais, lorsqu'il lutte de paroles et de gestes , on le croit échappé de Charenton , grâce à ses contorsions et ses grimaces, qu'il prend peut-être pour du jeu de physionomie : c'est dans le Moine surtout qu'il faut le voir; on dirait qu'il a des attaques d'épilepsie. Le bon

Public et ceux qui vont le voir
gratis, à qui cela fait de la peine,
ne manquent pas de l'applaudir
et de le trouver sublime. On entend
dans l'orchestre cet éloge flatteur,
qui, sans doute, se répète dans
les quatre coins de la salle : «Pas
» vrai, Jeanneton, qu'il joue ben?
» — Il me fait peur, ma cousine.
» — Oh! va, c'est zun fier Acteur.
» — Oh! la pièce est ben jolie
» aussi, — Tiens, c'est lui aussi
» qui l'a faite. Tu n'as rien vu...
» c'est à la seconde acte que tu
» seras contente. » Le cit. Camaille a pris le Théâtre de la
Cité pour faire jouer ses mau-
vaises Pièces ; car on ne voit que
cela sur l'Affiche : cependant il vient

(51)

de consentir à partager ses lauriers avec le célèbre Cuvelier. Le Diable vient de reparaître avec tous ses agrémens ; mais malheureusement le Public n'y croit plus.

———

Le cit. C L O Z E L. Nous sommes fâchés de voir cet aimable Acteur tranformé en athlète : il n'est point du tout fait pour lutter, mais bien pour jouer la bonne comédie. Nous sommes étonnés que le cit. Clozel n'ait point cherché à appartenir à un Théâtre où il pourrait du moins cultiver avec fruit ses heureuses dispositions. Il a tout pour réussir ; mais peut-être n'a-t-il pas assez le goût du travail ; un joli homme a tant d'occupations, surtout à Paris. Cependant les bonnes fortunes ne sauraient remplacer le talent, que l'on ne peut acquérir par le temps que l'on perd auprès des belles : ce langage paraîtra sévère ; mais il est vrai. Je désire que le cit. Clozel l'entende ; et il conviendra que c'est celui de l'intérêt que je prends à lui : qu'il donne quelques minutes de moins à la galanterie et quelques heures de plus à l'étude de son art ; alors je lui prédis de véritables succès au Théâtre et un empire plus brillant sur les femmes, qui aiment assez à voir les talens réunis aux grâces du physique.

(53)

Le cit. B O S S E T. Il a des in-
tentions dramatiques, une diction
assez juste, mais point de grâces :
je le trouve lourd, empâté ; s'il
tient définitivement à jouer la comédie, je ne le crois propre que
pour l'emploi des Raisonneurs.
Il se fait afficher comme étant
destiné au Théâtre français : c'est
une destination un peu trop bril-
lante pour lui ; et ce n'est pas en
jouant de Munster qu'il acquerra
le talent qu'on exige sur la Scène
française. Le choix qu'il a fait de
ce rôle donnerait à croire qu'il
se destine plutôt au Boulevard
qu'au Théâtre français. Le rôle
de Munster est excellent pour un
Athlète, mais non pas pour un

Comédien. S'il veut absolument figurer sur la Scène française, qu'il s'y prépare, en jouant la bonne Comédie, et non les monstruosités des citoyens Cuvelier et Camaille - Saint - Aubin.

DAUBIGNY. Il est taillé en Athlète. Nous ne le croyons pas déplacé dans le Gymnase du cit. Camaille.

SAINT-PERE. Ses formes sont un peu athlétiques, on le prendrait plutôt pour un prédicateur de campagne que pour un comédien. Je crois, Dieu lui pardonne, qu'il joue l'emploi de jeune premier ; mais il est loin d'avoir ce qu'il faut pour jouer ces rôles. Le cit. Saint-Pere *luttera long-temps de paroles et de gestes* avant d'avoir acquis la légèreté, le débit, la chaleur et la tenue d'un Amoureux. Nous lui conseillons de se renfermer dans le secrétariat du cit. Camaille : il sera plus utile à cet habile Administrateur comme Secrétaire que comme Athlète ; du reste, on dit le cit. Saint-Pere très-honnête, et capable de donner une leçon de politesse et de modestie à son Directeur.

Cit. LAPORTE. Tout le monde parle de sa loyauté, de ses bonnes mœurs, mais personne ne parle de son talent : et pourquoi cela? faut-il le demander? on doit être persuadé que s'il en avait, on aimerait à lui rendre justice, plusqu'à tout autre. N'importe, ses camarades doivent s'applaudir de le posséder parmi eux; ils sont sûrs du moins d'avoir quelqu'un à qui ils peuvent confier leurs intérêts en toute assurance; et puis il n'est point déplacé comme Acteur dans le Gymnase du cit. Camaille.

———

LE JEUNE. Pauvre physique, peu de talent : il joue les Niais avec quelque mérite Nous ne croyons pas qu'il acquierre jamais une grande réputation.

———

Le cit. GOUGYBUS. Il joue très-bien la Pantomime, il entend parfaitement la conduite d'un pareil Ouvrage : comme Athlète, il mérite aussi d'être distingué : c'est lui, dit-on, qui dessine les combats divers, qui sont ce qu'il y a de mieux dans les Ouvrages que l'on donne maintenant sur le Théâtre de la Cité ; certes, à mes yeux, il a un mérite plus réel que les Auteurs. Nous avons été fâchés de le voir dans les *Chinois* sortir de son genre. Que le cit. Gougybus soit toujours le même, et il est bien sûr de plaire au Public.

———

Mlle. TABRAISE aînée. Pourquoi son talent ne répond-il pas à son physique : mais elle est loin de pouvoir être citée comme Actrice ; et elle est à présent d'un âge qui consacre sa médiocrité.

———

Mlle. TABRAISE la jeune. Celle - ci a le malheur de ne pas nous dédommager de la pauvreté de son talent par les charmes de son physique : quoiqu'elle soit mlle. Tabraise la jeune, elle n'est pourtant pas très-jeune ; ainsi plus d'espérance. Les deux sœurs pourront faire leur retraite quand elles voudront : le Théâtre, loin d'y perdre, y gagnera beaucoup, puisqu'elle feront place à d'autres, qui, peut-être, vaudront mieux qu'elles, et dont la jeunesse permettra du moins d'espérer des progrès.

Madame LAPORTE. Cette Actrice, que l'on a vue successivement au Vaudeville et au Théâtre-Feydeau, ne finit pas comme elle a commencé : on peut la mettre

à côté de son mari pour le talent.
Elle joue les Soubrettes ; mais elle
y est froide et monotone, et elle
n'a point l'intelligence de la Scène
qu'exige cet emploi. Je l'ai vue dans
les *Rivaux d'eux - mêmes* : Ah !
comme elle était loin de celle qui
a créé ce rôle charmant et si avan-
tageux, pour peu qu'on soit destiné à jouer la comédie : dire
que Madame La Porte peut devenir
un jour meilleure, ce serait tromper
le Public ; elle est absolument au
dernier période de son talent.

———————

Mlle. L E R O Y. C'est une
triste Amoureuse ; beaucoup de
prétentions , et rien qui puisse

les justifier. Son physique n'est pas favorable , il est mesquin ; ses organes ne sont pas ceux de la jeunesse : encore une dont on doit désespérer.

———

Mlle. LE BEAU. Elle joue par fois des rôles nobles , tels que la Baronne de Lindemberg dans le Moine ; mais nous la croyons beaucoup mieux placée dans les poissardes.

———

Mlle. HAINAULT. C'est encore une Actrice à placer dans les Mères poissardes , encore n'y scrait - elle pas supérieure : elle n'est passable que dans la pantomime, parce qu'alors elle n'a rien à dire.

Tu vois, mon cher Bellerose, par le compte que je viens de te rendre, que la Troupe du citoyen Camaille est au - dessous du médiocre, et qu'il faut avoir soif de spectacle pour aller au Théâtre de la Cité : aussi donne-t-on de fréquens relâches, que l'on suppose nécessaires aux répétitions géné. rales des immortelles productions dont le cit. Camaille doit enrichir son Gymnase. Comment n'annonce-t on pas une représentation d'essai du Philinte de Destouches, ou la suite du Glorieux, comédie en cinq actes et en vers, destinée à la Scène française. Je ne sais pas quel est l'Auteur assez aveugle pour faire jouer une comédie en cinq actes par des Acteurs tels que ceux que je viens de passer en revue. Son dessein est de faire juger son Ouvrage, en le confiant à des gens aussi étrangers à la bonne comédie. Mais qu'il sache que le Misanthrope, joué par eux, serait détestable : et d'après cela quel peut être son espoir ? Je voudrais connaître l'Auteur, pour le détourner d'une pareille sottise. Tu vois, mon cher Bellerose, qu'en fait de Théâtre la folie est à son comble : espérons, pour la gloire des beaux-arts, que le bon goût fera justice de tous ces charlatans, ainsi que de leurs détestables productions. Sais-tu, mon cher Bellerose, que les soi-disant Provinciaux ont un un grand mérite à mes yeux, celui d'avoir conservé le goût des bonnes choses, et celui d'avoir repoussé ces monstrueuses productions que les Parisiens courent voir en foule. Cependant ils commencent à se guérir de cette frénésie ; le goût semble vouloir reparaître. En voici la preuve : c'est que le Théâtre français est le seul maintenant qui, malgré la saison et la chaleur, puisse compter de bonnes recettes ; l'on retourne enfin applaudir les chefs-d'œuvres

que l'on rougit presque aujour-
d'hui d'avoir délaissés. Patience,
patience, tout rentrera dans l'ordre.
En attendant ce moment, je con-
tinuerai une correspondance qui
n'est pas très-agréable pour moi ;
mais si elle a quelque mérite à tes
yeux, je ne regretterai point mon
oncre et mon papier.

Tout à toi, ton ami.

LA RANCUNÉ.

QUATRIÈME LETTRE.

Mon cher Bellerose.

Eh! mais, y penses-tu? tu me marques que tu viens de faire imprimer ma première correspondance avec toi sur les cinq premiers Théâtres de Paris, et que tu te proposes de mettre au jour celle où il s'agit des Théâtres subalternes. Ne crains-tu pas la colère de tous ceux qui s'y trouvent maltraités. D'abord je te déclare que je m'en lave les mains. Je t'ai écrit ce que je pensais. Tant pis si ma façon de penser ne plaît pas à tout le monde. Aussi je vais continuer à t'entretenir sur le même ton, des spectacles qui me restent à passer en revue. Quel est ce Théâtre dont l'Affiche présente chaque jour à mes regards le nom de Mme. Angot? Eh! parbleu, c'est l'Ambigu - Comique. Et quel est le Directeur de ce Spectacle! C'est le cit. Corse. — Ah ! parbleu, je ne m'étonne plus si je lis tous les jours sur l'Affiche Mme. Angot au Sérail de Constantinople. — Comment donc, c'est à la quatrième représentation? — C'est donc quelque chose de bien comique. — Ne vous y trompez pas : ce n'est pas la Pièce que l'on va voir, mais bien le cit. Corse dont la caricature est vraiment originale. L'immortel Aude ne croit pas cela, et pourtant rien n'est plus vrai. Nous ne nous déchaînerons pas contre Mme. Angot, parce qu'elle se trouve à sa place.

Le Théâtre de l'Ambigu-Comique ne pouvait, je crois, tomber dans de meilleures mains que dans celles du cit. Corse. Il a toute l'intelligence nécessaire pour administrer un Théâtre de ce genre-là. Il n'y a pas de doute qu'il ne fasse d'excellentes affaires; personne n'est plus actif que le cit. Corse; on n'a peut-être de reproches à lui faire que sur le choix des Acteurs qu'il a pris pour partager ses travaux. Tous ne réunissent pas, à beaucoup près, le talent et la capacité du cit. Corse ; mais, qui sait s'il n'a point eu ses raisons pour faire un pareil choix. L'intérêt fait rarement oublier l'amour-propre. Depuis le premier Théâtre jusqu'au plus petit, on voit que les Acteurs accueillis du Public n'aiment à s'environner que de Camarades qui ne soient pas susceptibles de partager avec eux les applaudissemens ; il en résulte deux inconvéniens, la chute des Pièces et le mécontentement du Public, qui y perd toujours lorsque ses plaisirs sont confiés aux talens d'une

seule personne , ensuite la ban-
queroute, qui réduit à la misère
des familles entières ; tels sont pourtant les funestes effets de l'amour-
propre déplacé. Mais , trève à des
réflexions très-sages sans doute,
et voyons un peu quels sont les
Acteurs du Théâtre de l'Ambigu-
Comique.

———

Le Cit. CORSE. Il a du mérite dans les caricatures. Je ne
parlerai point de celle de Mme.
Angot, qu'il a saisie d'une manière
si originale, que tout Paris a voulu
l'y voir. Mais je citerai la Musi-
comanie, où il se montre Comédien. On ne peut lui refuser une

grande-intelligence de la scène ; il a infiniment de chaleur dans tous les rôles qu'il joue. Le cit. Corse est, on peut le dire, véritablement l'âme de son spectacle. Voyons maintenant s'il est bien secondé.

———————

TAUTIN, Acteur un peu froid. Cependant, il est des rôles où il est très-agréable, tel que celui qu'il joue dans les *Voyageurs*, jolie comédie du cit. Charlemagne, qui doit être étonnée de se trouver dans la compagnie de Mme. Angot. Le cit. Tautin n'a pas un débit très-facile ; il barbouille quelquefois dans les momens de chaleur, ce qui lui fait beaucoup de tort.

Nous l'engageons à s'observer à cet égard.

————

JOLLIVET. Ce jeune Acteur n'est pas sans quelque mérite ; mais il est infiniment déplacé dans des rôles de caractère. Lorsqu'il paroît dans cet emploi, il a l'air d'être monté sur des échasses ; il devrait se borner à jouer des jeunes premiers, tel que celui qu'il remplit dans les *Voyageurs* ; il est alors naturel, et par conséquent meilleur que lorsqu'il fait des grimaces, et grossit sa voix pour être à la hauteur de ces pauvres productions qui ne ressemblent à rien. Nous croyons que le travail n'est

pas très-familier au cit. Jollivet :
tant pis, car il a de quoi faire ;
mais il ne faudrait pas non plus
qu'il persistât à jouer la Pantomime dialoguée.

——————

RAFFILE. Acteur agréable
dans l'emploi des Comiques ; il
chante aussi avec beaucoup de
goût et de précision ; c'est une
des bonnes acquisitions que le cit.
Corse ait pu faire pour le Théâtre
de l'Ambigu-Comique.

——————

PLATEL. Médiocre Acteur ;
de bien foibles moyens ; il n'est

pourtant pas sans avoir beaucoup de prétentions. Par exemple, il a le mérite d'être bon Musicien. Le cit. Platel semble destiné, par son physique, à jouer les niais.

———

BELFORT. Cet Acteur n'a rien de naturel. Tout est factice chez lui. Sa voix, ses gestes, et même son esprit. Il a, dit-on, beaucoup d'amour-propre et de prétention. Mais à cela près de ses ridicules, on le dit très-bon enfant. Lorsqu'il était aux Troubadours, MM. les Chansonniers, toujours facétieux et toujours malins, s'amusaient beaucoup à ses dépens. Voici une anecdote que

l'on raconte à ce sujet. MM. les
Chansonniers invitèrent un jour
le cit. Belfort à l'un de ces dîners
où ces messieurs donnent l'essor
à leur esprit et à leur malignité.
Le cit. Belfort fut enchanté de
l'invitation, bien persuadé que
c'était un honneur qu'on lui faisait. Hélas ! il ne se doutait pas
que c'était pour égayer le repas à
ses dépens. Le voilà donc à table
avec les joyeux convives. Il est
placé à côté d'un chirurgien dont
l'esprit n'est pas moins piquant
que sa lancette. Celui-ci était du
complot tramé contre le pauvre
Belfort, et son rôle était de jouer
le sourd, ce qu'il fit si bien, que
le cit. Belfort le crut réellement

sourd. A la fin du dîner on se mit en devoir d'exécuter ce qu'on avait projeté. Le sourd supposé regarde ses compères avec l'air de soupçonner que l'on s'égaye à ses dépens. Il interroge le cit. Belfort à part, qui l'assure qu'il n'est point question de lui; mais, malgré cette assurance, le malin chirurgien se fâche, s'emporte et menace ceux qu'il feint de croire de mauvais plaisans. La querelle s'échauffe au point qu'il s'empare d'une carafe pleine d'eau, mais il la prend de manière qu'en voulant la lancer à la tête de quelqu'un, l'eau qu'elle contient coule sur le pauvre Belfort, qui avait encore la bonhomie de lui tenir le bras. Jugez si messieurs les Chansonniers ne rirent pas sous cape en voyant cette scène qui était en effet assez plaisante. N'importe, le cit. Belfort ne se douta pas qu'il y eut de la méchanceté dans leur fait, et il sortit du dîner, très-flatté d'avoir été admis dans un banquet de beaux esprits.

———————

DUMONT. Cet Acteur est très-médiocre; il est naturellement froid; cependant, il est des rôles où on peut le voir avec plaisir, tel que celui de Maître Afficheur, dans *la Probité récompessée*, mais il ne faut pas lui donner des rôles

7.

qui exigent de la dignité, et même de la sensibilité.

———

BOICHERESSE. Ce jeune homme a beaucoup à travailler pour que l'on puisse parler de lui.

———

LEBEL. Je crois qu'il est plus utile au cit. Corse comme Régisseur que comme Acteur. Aussi ne joue-t-il que des rôles de peu d'importance.

———

Mlle. QUEMAIN. Comme Actrice, qu'en dirons-nous ? Pas

grand chose, et comme chanteuse, bien peu de chose. Il est difficile d'avoir moins d'intelligence de la scène que n'en a Mlle. Quemain; mais il paraît que son jeu est ce qui l'occupe le moins. C'est par son chant qu'elle s'imagine, sans doute, mériter les suffrages du Public. Il faudrait alors qu'elle eût une autre manière de chanter. Ce n'est pas en chevrotant sans cesse que l'on montre du goût et de la méthode. Elle a tellement la fureur de la brodomanie, qu'on ne reconnaît pas un Vaudeville lorsqu'elle le chante. Mlle. Quemain est loin de mériter 'qu'on la cite comme Cantatrice, encore moins comme Actrice; c'est une triste acquistion pour l'Ambigu - Co-mique.

————

Mlle. BOLZÉ. Petit air dé-luré, des organes très-prononcés, la démarche assurée ; elle est en-core bien jeune pour exiger d'elle du talent ; mais il faut qu'elle tra-vaille si elle veut en acquérir.

————

Mlle. BOURGEOIS. Elle est encore dans un âge où l'on ne peut exiger beaucoup de con-naissances et de talent dans l'art du Théâtre. Cependant nous la regardons comme la meilleure Ac-trice du Théâtre de l'Ambigu-Co-

mique; et si elle se livre à l'étude,
comme nous croyons le voir dans
son jeu, il n'y a pas de doute
qu'elle ne se distingue parmi celles
qui suivent la carrière dramatique.
Nous oserions presque assurer
qu'elle aura du talent, parce que
la nature ne l'a pas beaucoup fa-
vorisée du côté du physique.

Mlle. DUMOUCHEL. Nous ne
la croyons pas faite pour aller loin
dans un art qui exige beaucoup
de travail. Elle n'était pourtant
pas sans moyens ; mais ses plaisirs
l'emportent sans doute sur l'amour
de la gloire. Mlle. Dumouchel n'est
bonne que pour la Pantomime,

et encore ses gestes et ses mines ne peuvent éblouir que les aveugles.

———

Mme. Corse. Très - bien dans les Poissardes. Mais pas de rôles de sensibilité. *Mme. Bernard*, voilà où elle peut avoir des succès. Les mères nobles ne sont pas de sa compétence. Il ne faut pas aussi qu'elle chante souvent; car sa voix et son oreille ne secondent pas son zèle et sa bonne volonté.

Je viens de te faire connaître, mon cher Bellerose, les Acteurs et Actrices de l'Ambigu-Comique.

(8₃)

Parmi les femmes on ne peut en citer une pour les rôles de tenue. Il semble que le citoyen Corse a voulu former une école. Cependant, s'il se propose de jouer quelques pièces où il y ait une soubrette ou un premier rôle très-prononcé, je crains bien pour son succès. Jusqu'à présent il a évité cette rencontre ; mais nous lui conseillons de se mettre à même de ne plus la craindre. Il doit connaître assez ses intérêts pour remplir les vides qui existent dans sa troupe. Alors il ne peut espérer que des succès dans son entreprise , et donner à l'Ambigu-Comique autant de vogue qu'il en avait autrefois. En attendant ce moment, je te prie, mon cher Bellerose, de ne pas douter un instant que je suis ton sincère ami,

LA RANCUNE.

P. S. J'oubliais de te dire que Mlle. de l'Etoile désire que ta santé soit aussi bonne que la sienne. Ne veut-elle pas aujourd'hui reparaître sur la scène. C'est une envie de femme grosse. Mais, badinage à part, elle parle de cela comme de quelque chose dont il sera dif-ficile de la dissuader. Elle prétend qu'il lui reste encore des couronnes à cueillir, c'est justement sur l'un des premiers Théâtres de Paris qu'elle veut mettre le Public à même de juger de ses talens; mais j'espère que les obstacles qu'elle rencontrera la feront renoncer à son projet et aux couronnes qui sont plutôt le prix de l'intrigue que du talent.

CINQUIÈME LETTRE.

Je reçois ta lettre, mon cher Bellerose, tu ne dois pas douter du plaisir que m'en a fait la lecture, puisqu'elle m'apprend que vous faites d'excellentes affaires, et que votre société est toujours animée du meilleur esprit. Comment diable ? Vous avez donc aussi des débuts brillans. Le cit. L. S. s'est enfin déterminé à entrer dans une carrière où il ne peut manquer de réussir avec les moyens et les dons dont la nature l'a pourvu.

Ce que j'admire, c'est que loin de le repousser et de l'abreuver de dégoûts, comme il est d'usage même dans les premiers Théâtres de Paris, vous avez tendu une main loyale et fraternelle au cit. L. S. pour assurer ses premiers pas sur la scène : je vous en félicite bien sincèrement. Ce jeune homme est une excellente acquisition pour votre société. Il a les germes du talent, et il est très-heureux pour lui de n'avoir pas trouvé de ces gens qui cherchent toujours à les étouffer en pareil cas. Mais c'est assez ; je viens de payer à votre société le tribut d'éloges qu'elle méritait de celui qui a la manie de s'ériger en censeur des ad-

ministrations théâtrales, et des Acteurs. Je vais maintenant continuer
ma correspondance. Il me reste
encore à te faire connaître deux
Théâtres, ceux de la Gaîté et des
jeunes Artistes. C'est du premier
dont il s'agira dans cette lettre.
Tu n'ignores pas, sans doute, que
le Théâtre de la Gaîté est celui
connu sous le nom de Nicolet.
Ce dernier était un excellent Directeur, à en juger par la fortune
assez considérable qu'il a faite dans
l'exploitation de son Théâtre. Je
ne sais pas si les Administrateurs
actuels seront aussi heureux. Jusqu'à présent je ne crois pas qu'ils
aient à se plaindre. Voyons maintenant comment le Théâtre de la

Gaîté est composé, et quels sont
les Acteurs qui peuvent mériter les
couronnes que peut donner aussi
le Public du Boulevard.

ACTEURS.

Le cit. JOIGNY. C'est domm-
mage que son physique ne soit
pas favorable pour l'emploi qu'il
joue; car il n'est pas sans talent. Peut-
être a-t-on à lui reprocher une diction pesante et très-souvent tra-
gique.

Le cit. BIGNON. Il a de l'in
telligence ; mais il est froid et

monotone. On le dit plein d'amour pour son art. Tant mieux, car il faut travailler pour que l'on puisse le citer dans l'emploi des comiques auxquels il s'est destiné.

———

BÉVILLE. Je ne connais point d'Acteur plus nul, plus monotone, et moins intelligent que celui - là. Ses orgnanes faux sont toujours deux tons au - dessus des autres. On dit pourtant qu'il se croit beaucoup de talent. La médiocrité se fait toujours illusion. Tout ce que je sais, c'est qu'il a le mérite de m'ennuyer et de me briser le timpan de l'oreille.

SAINT-ALBIN. Il a quelque mérite dans les caricatures. Il ne chante pas mal le couplet. Mais il a encore plus d'amour-propre que de talent.

ACTRICES.

Mlle. DECROIX. Talent assez agréable. Peut-être a-t-on à lui reprocher un peu de froideur.

Mlle. JULIE. Toujours la même, c'est-à-dire pas très-bonne. Cependant, on l'accable sous le poids des éloges dans les jounaux.

Mme. JOIGNY. Quelque mérite dans les Duegnes. Elle a le défaut de crier un peu trop lorsqu'il ne faut que de la chaleur.

Il est encore beaucoup d'autres Acteurs et Actrices ; mais, en conscience, je ne t'en parlerai pas, et ils y gagneront davantage. Imagine-toi qu'on joue au Théâtre de la Gaîté le Drame, le Vaudeville, le Mélodrame, la Pantomime Italienne et les Ballets d'action. Tu vois qu'il y en a pour tout le monde, et qu'il faut beaucoup d'artistes pour exploiter un pareil Théâtre. Voilà, mon cher Bellerose, une esquisse du Théâtre connu autrefois sous le nom de

Nicolet. Il est des Auteurs de mérite qui ne reculent pas à s'y faire jouer; mais peu leur importe l'incapacité des Acteurs, si le caissier à son tour ne les joue pas et leur paie exactement les honoraires qui, je crois, sont très - modestes.

———————

THÉATRE

DES JEUNES ARTISTES.

Je t'envoie par le même paquet, les Acteurs connus sous le nom de Jeunes Artistes; c'est un Théâtre situé rue de Bondy. Il est pour ainsi dire consacré à la récréation des servantes qui s'y rendent en foule. Tu sauras aussi qu'au Théâtre des Jeunes Artistes, il y a des Acteurs et des Actrices de quarante et de cinquante ans. On y donne des pièces à spectacle, qui sont applaudies à l'unanimité, parce qu'il en coûte très-bon marché pour les voir. Des enfans y jouent le Vaudeville assez agréablement. Le cit. Ganier, Régisseur de ce spectacle, n'y voit que d'un œil, voilà pourquoi la plupart des pièces que l'on y donne, sont la plupart pitoyables. Il aime beaucoup, dit-on, à être de moitié dans les pièces, sans pourtant se donner la peine d'y mettre le sien. L'Instituteur des Jeunes Artistes, le cit. Corsange, est de cette pâte-là. Les premiers Artistes de ce Théâtre sont le cit. Délorge et Mlle. Julie Diancourt, qui depuis long-temps jouit d'une réputation méritée dans le genre de la Pantomime. A l'instar des grands spectacles, ces deux personnages ont voix délibérative dans l'administration.

Ici se borne ma correspondance théâtrale avec toi, mon cher Bellerose. Je te laisse le maître d'en faire tout ce que tu jugeras à propos. Je t'avoue franchement que je me suis repenti plus d'une fois de l'avoir entreprise. C'est un ouvrage qui n'offre rien d'agréable. Mais je m'étais engagé à satisfaire ta curiosité sur les mille et un Théâtre qui ouvrent et ferment à chaque instant dans Paris. Voilà ma parole acquittée ; c'est bien une preuve que je n'ai rien à refuser à l'ami Bellerose,

Tout à toi. Ton ami

LA RANCUNE.

FIN.

9 782014 467895